HÉSIODE ÉDITIONS

CHATEAUBRIAND

Les Aventures du dernier Abencerage

Hésiode éditions

© Hésiode éditions.

1 rue Honoré - 93500 Pantin.
ISBN 978-2-38512-058-0
Dépôt légal : Octobre 2022

Impression Books on Demand GmbH

In de Tarpen 42
22848 Norderstedt, Allemagne

Les Aventures du dernier Abencerage

Lorsque Boabdil, dernier roi de Grenade, fut obligé d'abandonner le royaume de ses pères, il s'arrêta au sommet du mont Padul. De ce lieu élevé on découvrait la mer où l'infortuné monarque allait s'embarquer pour l'Afrique ; on apercevait aussi Grenade, la Véga et le Xénil, au bord duquel s'élevaient les tentes de Ferdinand et d'Isabelle. A la vue de ce beau pays et des cyprès qui marquaient encore çà et là les tombeaux des musulmans, Boabdil se prit à verser des larmes. La sultane Aïxa, sa mère, qui l'accompagnait dans son exil avec les grands qui composaient jadis sa cour, lui dit : « Pleure maintenant comme une femme un royaume que tu n'as pas su défendre comme un homme ! « Ils descendirent de la montagne, et Grenade disparut à leurs yeux pour toujours.

Les Maures d'Espagne qui partagèrent le sort de leur roi se dispersèrent en Afrique. Les tribus des Zégris et des Goméles s'établirent dans le royaume de Fez, dont elles tiraient leur origine. Les Vanégas et les Alabès s'arrêtèrent sur la côte, depuis Oran jusqu'à Alger ; enfin les Abencerages se fixèrent dans les environs de Tunis. Ils formèrent, à la vue des ruines de Carthage, une colonie que l'on distingue encore aujourd'hui des Maures d'Afrique par l'élégance de ses mœurs et la douceur de ses lois.

Ces familles portèrent dans leur patrie nouvelle le souvenir de leur ancienne patrie. Le Paradis de Grenade vivait toujours dans leur mémoire ; les mères en redisaient le nom aux enfants qui suçaient encore la mamelle. Elles les berçaient avec les romances des Zégris et des Abencerages. Tous les cinq jours on priait dans la mosquée, en se tournant vers Grenade. On invoquait Allah, afin qu'il rendit à ses élus cette terre de délices. En vain le pays des Lotophages offrait aux exilés ses fruits, ses eaux, sa verdure, son brillant soleil : loin des Tours vermeilles [Tours du palais de Grenade. (N.d.A.)] , il n'y avait ni fruits agréables, ni fontaines limpides, ni fraîche verdure, ni soleil digne d'être regardé. Si l'on montrait à quelque banni les plaines de la Bagrada, il secouait la tête, et s'écriait en soupirant : « Grenade ! »

Les Abencerages surtout conservaient le plus tendre et le plus fidèle souvenir de la patrie. Ils avaient quitté avec un mortel regret le théâtre de leur gloire et les bords qu'ils firent si souvent retentir de ce cri d'armes : « Honneur et amour. » Ne pouvant plus lever la lance dans les déserts ni se couvrir du casque dans une colonie de laboureurs, ils s'étaient consacrés à l'étude des simples, profession estimée chez les Arabes à l'égal du métier des armes. Ainsi cette race de guerriers qui jadis faisait des blessures s'occupait maintenant de l'art de les guérir. En cela elle avait retenu quelque chose de son premier génie, car les chevaliers pansaient souvent eux-mêmes les plaies de l'ennemi qu'ils avaient abattu.

La cabane de cette famille, qui jadis eut des palais, n'était point placée dans le hameau des autres exilés, au pied de la montagne du Mamelife ; elle était bâtie parmi les débris mêmes de Carthage, au bord de la mer, dans l'endroit où saint Louis mourut sur la cendre et où l'on voit aujourd'hui un ermitage mahométan. Aux murailles de la cabane étaient attachés des boucliers de peau de lion, qui portaient empreintes sur un champ d'azur deux figures de sauvages brisant une ville avec une massue. Autour de cette devise on lisait ces mots : « C'est peu de chose ! » armes et devise des Abencerages. Des lances ornées de pennons blancs et. bleus, des alburnos, des casaques de satin tailladé, étaient rangés auprès des boucliers et brillaient au milieu des cimeterres et des poignards. On voyait encore suspendus çà et là des gantelets, des mors enrichis de pierreries, de larges étriers d'argent, de longues épées dont le fourreau avait été brodé par les mains des princesses, et des éperons d'or que les Yseult, les Genièvre, les Oriane, chaussèrent jadis à de vaillants chevaliers.

Sur des tables, au pied de ces trophées de la gloire, étaient posés des trophées d'une vie pacifique ; c'étaient des plantes cueillies sur les sommets de l'Atlas et dans le désert de Zaara ; plusieurs même avaient été apportées de la plaine de Grenade. Les unes étaient propres à soulager les maux du corps, les autres devaient étendre leur pouvoir jusque sur les chagrins de l'âme. Les Abencerages estimaient surtout celles qui servaient à calmer les vains regrets, à dissiper les folles illusions et ces espérances de bonheur toujours naissantes, toujours déçues. Malheureusement ces simples avaient des vertus opposées, et souvent le parfum d'une fleur de la patrie était comme une espèce de poison pour les illustres bannis.

Vingt-quatre ans s'étaient écoulés depuis la prise de Grenade. Dans ce court espace de temps quatorze Abencerages avaient péri par l'influence d'un nouveau climat, par les accidents d'une vie errante et surtout par le chagrin, qui mine sourdement les forces de l'homme. Un seul rejeton était l'espoir de cette maison fameuse. Aben-Hamet portait le nom de cet Abencerage qui fut accusé par les Zégris d'avoir séduit la sultane Alfaïma. Il réunissait en lui la beauté, la valeur, la courtoisie, la générosité de ses ancêtres, avec ce doux éclat et cette légère impression de tristesse que donne le malheur noblement supporté. Il n'avait que vingt-deux ans lorsqu'il perdit son père ; il résolut alors de faire un pèlerinage au pays de ses aïeux, afin de satisfaire au besoin de son cœur et d'accomplir un dessein qu'il cacha soigneusement à sa mère.

Il s'embarqua à l'échelle de Tunis ; un vent favorable le conduit à Carthagène, il descend du navire et prend aussitôt la route de Grenade : il s'annonçait comme un médecin arabe qui venait herboriser parmi les rochers de la Sierra-Nevada. Une mule paisible le portait lentement dans le pays où les Abencerages volaient jadis sur de belliqueux coursiers ; un guide marchait en avant, conduisant deux autres mules ornées de sonnettes et de touffes de laine de diverses couleurs. Aben-Hamet traversa les grandes bruyères et les bois de palmiers du royaume de Murcie : à la vieillesse de ces palmiers il jugea qu'ils devaient avoir été plantés par ses pères, et son cœur fut pénétré de regrets. Là s'élevait une tour où veillait la sentinelle au temps de la guerre des Maures et des chrétiens ; ici se montrait une ruine dont l'architecture annonçait une origine mauresque, autre sujet de douleur pour l'Abencerage ! Il descendait de sa mule, et, sous prétexte de chercher des plantes, il se cachait un moment dans ces débris, pour donner un libre cours à ses larmes. Il reprenait ensuite sa route en rêvant au bruit des sonnettes de la caravane et au chant monotone de son guide. Celui-ci n'interrompait sa longue romance que pour encourager ses mules, en leur donnant le nom de belles et de valeureuses , ou pour les gourmander, en les appelant paresseuses et obstinées .

Des troupeaux de moutons qu'un berger conduisait comme une armée dans des plaines jaunes et incultes, quelques voyageurs solitaires, loin de répandre la vie sur le chemin, ne servaient qu'à le faire paraître plus triste et plus désert. Ces voyageurs portaient tous une épée à la ceinture ; ils étaient enveloppés dans un manteau et un large chapeau rabattu leur couvrait à demi le visage. Ils saluaient en passant Aben-Hamet, qui ne distinguait dans ce noble salut que le nom de Dieu , de seigneur et de chevalier . Le soir, à la venta , l'Abencerage prenait sa place au milieu des étrangers, sans être importuné de leur curiosité indiscrète. On ne lui parlait point, on ne le questionnait point; son turban, sa robe, ses armes, n'excitaient aucun mouvement. Puisque Allah avait voulu que les Maures d'Espagne perdissent leur belle patrie, Aben-Hamet ne pouvait s'empêcher d'en estimer les graves conquérants.

Des émotions encore plus vives attendaient l'Abencerage au terme de sa course. Grenade est bâtie au pied de la Sierra Nevada, sur deux hautes collines que sépare une profonde vallée. Les maisons placées sur la pente des coteaux, dans l'enfoncement de la vallée, donnent à la ville l'air et la forme d'une grenade entrouverte, d'où lui est venu son nom. Deux rivières, le Xénil et le Douro, dont l'une roule des paillettes d'or et l'autre des sables d'argent, lavent le pied des collines, se réunissent et serpentent ensuite au milieu d'une plaine charmante appelée la Véga. Cette plaine, que domine Grenade, est couverte de vignes, de grenadiers, de figuiers, de mûriers, d'orangers ; elle est entourée par des montagnes d'une forme et d'une couleur admirables. Un ciel enchanté, un air pur et délicieux, portent dans l'âme une langueur secrète dont le voyageur qui ne fait que passer a même de la peine à se défendre. On sent que dans ce pays les tendres passions auraient promptement étouffé les passions héroïques, si l'amour, pour être véritable, n'avait pas toujours besoin d'être accompagné de la gloire.

Lorsque Aben-Hamet découvrit le faite des premiers édifices de Grenade, le cœur lui battit avec tant de violence qu'il fut obligé d'arrêter sa mule. Il croisa les bras sur sa poitrine, et, les yeux attachés sur la ville sacrée, il resta muet et immobile. Le guide s'arrêta à son tour, et comme tous les sentiments élevés sont aisément compris d'un Espagnol, il parut touché et devina que le Maure revoyait son ancienne patrie. L'Abencerage rompit enfin le silence.

« Guide, s'écria-t-il, sois heureux ! ne me cache point la vérité, car le calme régnait dans les flots le jour de ta naissance et la lune entrait dans son croissant. Quelles sont ces tours qui brillent comme des étoiles au-dessus d'une verte forêt ?

« C'est l'Alhambra » répond le guide.

« Et cet autre château sur cette autre colline ? » dit Aben-Hamet.

« C'est le Généralife, répliqua l'Espagnol. Il y a dans ce château un jardin planté de myrtes où l'on prétend qu'Abencerage fut surpris avec la sultane Alfaïma. Plus loin vous voyez l'Albaïzyn, et plus près de nous les Tours vermeilles. »

Chaque mot du guide perçait le cœur d'Aben-Hamet. Qu'il est cruel d'avoir recours à des étrangers pour apprendre à connaître les monuments de ses pères et de se faire raconter par des indifférents l'histoire de sa famille et de ses amis ! Le guide, mettant fin aux réflexions d'Aben-Hamet, s'écria : « Marchons, seigneur Maure, marchons, Dieu l'a voulu ! Prenez courage ! François Ier, n'est-il pas aujourd'hui même prisonnier dans notre Madrid ? Dieu l'a voulu. » Il ôta son chapeau, fit un grand signe de croix et frappa ses mules. L'Abencerage, pressant la sienne à son tour, s'écria : « C'était écrit [Expression que les musulmans ont sans cesse à la bouche et qu'ils appliquent à la plupart des événements de la vie. (N.d.A.)] » et ils descendirent vers Grenade.

Ils passèrent près du gros frêne célèbre par le combat de Muça et du grand maître de Calatrava, sous le dernier roi de Grenade. Ils firent le tour de la promenade Alaméida, et pénétrèrent dans la cité par la porte d'Elvire. Ils remontèrent le Rambla, et arrivèrent bientôt sur une place qu'environnaient de toutes parts des maisons d'architecture moresque. Un kan était ouvert sur cette place pour les Maures d'Afrique, que le commerce de soies de la Véga attirait en foule à Grenade. Ce fut là que le guide conduisit Aben-Hamet.

L'Abencerage était trop agité pour goûter un peu de repos dans sa nouvelle demeure ; la patrie le tourmentait. Ne pouvant résister aux sentiments qui troublaient son cœur, il sortit au milieu de la nuit pour errer dans les rues de Grenade. Il essayait de reconnaître avec ses yeux ou ses mains quelques-uns des monuments que les vieillards lui avaient si souvent décrits. Peut-être que ce haut édifice dont il entrevoyait les murs à travers les ténèbres était autrefois la demeure des Abencerages ; peut-être était-ce sur cette place solitaire que se donnaient ces fêtes qui portèrent la gloire de Grenade jusqu'aux nues. Là passaient les quadrilles superbement vêtus de brocart, là s'avançaient les galères chargées d'armes et de fleurs, les dragons qui lançaient des feux et qui recélaient dans leurs flancs d'illustres guerriers, ingénieuses inventions du plaisir et de la galanterie.

Mais, hélas ! au lieu du son des anafins, du bruit des trompettes et des chants d'amour, un silence profond régnait autour d'Aben-Hamet. Cette ville muette avait changé d'habitants, et les vainqueurs reposaient sur la couche des vaincus. « Ils dorment donc, ces fiers Espagnols, s'écriait le jeune Maure indigné, sous ces toits dont ils ont exilé mes aïeux ! Et moi, Abencerage, je veille inconnu, solitaire, délaissé, à la porte du palais de mes pères ! »

Aben-Hamet réfléchissait alors sur les destinées humaines, sur les vicissitudes de la fortune, sur la chute des empires, sur cette Grenade enfin, surprise par ses ennemis au milieu des plaisirs et changeant tout à coup ses guirlandes de fleurs contre des chaînes ; il lui semblait voir ses citoyens abandonnant leurs foyers en habits de fête, comme des convives qui, dans le désordre de leur parure, sont tout à coup chassés de la salle du festin par un incendie.

Toutes ces images, toutes ces pensées, se pressaient dans l'âme d'Aben-Hamet ; plein de douleur et de regret, il songeait surtout à exécuter le projet qui l'avait amené à Grenade : le jour le surprit. L'Abencerage s'était égaré : il se trouvait loin du kan, dans un faubourg écarté de la ville. Tout dormait, aucun bruit ne troublait le silence des rues ; les portes et les fenêtres des maisons étaient fermées : seulement la voix du coq proclamait dans l'habitation du pauvre le retour des peines et des travaux.

Après avoir erré longtemps sans pouvoir retrouver sa route, Aben-Hamet entendit une porte s'ouvrir. Il vit sortir une jeune femme, vêtue à peu près comme ces reines gothiques sculptées sur les monuments de nos anciennes abbayes. Son corset noir, garni de jais, serrait sa taille élégante ; son jupon court, étroit et sans plis, découvrait une jambe fine et un pied charmant ; une mantille également noire était jetée sur sa tête ; elle tenait avec sa main gauche cette mantille croisée et fermée comme une guimpe au-dessous de son menton, de sorte que l'on n'apercevait de tout son visage que ses grands yeux et sa bouche de rose. Une duègne accompagnait ses pas ; un page portait devant elle un livre d'église ; deux varlets, parés de ses couleurs, suivaient à quelque distance la belle inconnue : elle se rendait à la prière matinale, que les tintements d'une cloche annonçaient dans un monastère voisin.

Aben-Hamet crut voir l'ange Israfil ou la plus jeune des houris. L'Espagnole, non moins surprise, regardait l'Abencerage, dont le turban, la robe et les armes embellissaient encore la noble figure. Revenue de son premier étonnement, elle fit signe à l'étranger de s'approcher avec une grâce et une liberté particulières aux femmes de ce pays. « Seigneur Maure, lui dit-elle, vous paraissez nouvellement arrivé à Grenade : vous seriez-vous égaré ? »

« Sultane des fleurs, répondit Aben-Hamet, délices des yeux des hommes, ô esclave chrétienne, plus belle que les vierges de la Géorgie, tu l'as deviné ! je suis étranger dans cette ville : perdu au milieu de ces palais, je n'ai pu retrouver le kan des Maures. Que Mahomet touche ton cœur et récompense ton hospitalité ! »

« Les Maures sont renommés pour leur galanterie, reprit l'Espagnole avec le plus doux sourire, mais je ne suis ni sultane des fleurs, ni esclave, ni contente d'être recommandée à Mahomet. Suivez-moi, seigneur chevalier, je vais vous conduire au kan des Maures. »

Elle marcha légèrement devant l'Abencerage, le mena jusqu'à la porte du kan, le lui montra de la main, passa derrière un palais, et disparut.

A quoi tient donc le repos de la vie ! La patrie n'occupe plus seule et tout entière l'âme d'Aben-Hamet : Grenade a cessé d'être pour lui déserte, abandonnée, veuve, solitaire ; elle est plus chère que jamais à son cœur, mais c'est un prestige nouveau qui embellit ses ruines ; au souvenir des aïeux se mêle à présent un autre charme. Aben-Hamet a découvert le cimetière où reposent les cendres des Abencerages ; mais en priant, mais en se prosternant, mais en versant des larmes filiales, il songe que la jeune Espagnole a passé quelquefois sur ces tombeaux, et il ne trouve plus ses ancêtres si malheureux..

C'est en vain qu'il ne veut s'occuper que de son pèlerinage au pays de ses pères.

C'est en vain qu'il parcourt les coteaux du Douro et du Xénil, pour y recueillir des plantes au lever de l'aurore : la fleur qu'il cherche maintenant, c'est la belle chrétienne. Que d'inutiles efforts il a déjà tentés pour retrouver le palais de son enchanteresse ! Que de fois il a essayé de repasser par les chemins que lui fit parcourir son divin guide ! Que de fois il à cru reconnaître le son de cette cloche, le chant de ce coq qu'il entendit près de la demeure de l'Espagnole ! Trompé par des bruits pareils, il court aussitôt de ce côté et le palais magique ne s'offre point à ses regards ! Souvent encore le vêtement uniforme des femmes de Grenade lui donnait un moment d'espoir : de loin toutes les chrétiennes ressemblaient à la maîtresse de son cœur ; de près, pas une n'avait sa beauté ou sa grâce. Aben-Hamet avait enfin parcouru les églises pour découvrir l'étrangère ; il avait même pénétré jusqu'à la tombe de Ferdinand et d'Isabelle, mais c'était aussi le plus grand sacrifice qu'il eût jusque alors fait à l'amour.

Un jour il herborisait dans la vallée du Douro. Le coteau du midi soutenait sur sa pente fleurie les murailles de l'Alhambra et les jardins du Généralife ; la colline du nord était décorée par l'Albaïzyn, par de riants vergers et par des grottes qu'habitat un peuple nombreu x. A l'extrémité occidentale de la vallée on découvrait les clochers de Grenade, qui s'élevaient en groupe du milieu des chênes verts et des cyprès. A l'autre extrémité, vers l'orient, l'oeil rencontrait sur des pointes de rochers des couvents, des ermitages, quelques ruines de l'ancienne Illibérie, et dans le lointain les sommets de la Sierra- Nevada. Le Douro roulait au milieu du vallon et présentait le long de son cours de frais moulins, de bruyantes cascades, les arches brisées d'un aqueduc romain et les restes d'un pont du temps des Maures.

Aben-Hamet n'était plus ni assez infortuné, ni assez heureux, pour bien goûter le charme de la solitude : il parcourait avec distraction et indifférence ces bords enchantés. En marchant à l'aventure, il suivit une allée d'arbres qui circulait sur la pente du coteau de l'Albaïzyn. Une maison de campagne, environnée d'un bocage, s'offrit bientôt à ses yeux : en approchant du bocage, il entendît les sons d'une voix et d'une guitare.

Entre la voix, les traits et les regards d'une femme, il y a des rapports qui ne trompent jamais un homme que l'amour possède. « C'est ma houri ! » dit Aben-Hamet ; et il écoute, le cœur palpitant : au nom des Abencerages plusieurs fois répété, son cœur bat encore plus vite. L'inconnue chantait une romance castillane qui retraçait l'histoire des Abencerages et des Zégris. Aben-Hamet ne peut plus résister à son émotion ; il s'élance à travers une haie de myrtes et tombe au milieu d'une troupe de jeunes femmes effrayées qui fuient en poussant des cris. L'Espagnole, qui venait de chanter et qui tenait encore la guitare, s'écrie : « C'est le seigneur maure ! » Et elle rappelle ses compagnes. « Favorite des Génies, dit l'Abencerage, je te cherchais comme l'Arabe cherche une source dans l'ardeur du midi ; j'ai entendu les sons de ta guitare, tu célébras les héros de mon pays, je t'ai devinée à la beauté de tes accents, et j'apporte à tes pieds le cœur d'Aben- Hamet. »

« Et moi, répondit dona Blanca, c'était en pensant à vous que je redisais la romance des Abencerages. Depuis que je vous ai vu, je me suis figuré que ces chevaliers maures vous ressemblaient. »

Une légère rougeur monta au front de Blanca en prononçant ces mots. Aben-Hamet se sentit prêt à tomber aux genoux de la jeune chrétienne, à lui déclarer qu'il était le dernier Abencerage ; mais un reste de prudence le retint ; il craignit que son nom, trop fameux à Grenade, ne donnât des inquiétudes au gouverneur. La guerre des Morisques était à peine terminée, et la présence d'un Abencerage dans ce moment pouvait inspirer aux Espagnols de justes craintes. Ce n'est pas qu'Aben-Hamet s'effrayât d'aucun péril, mais il frémissait à la pensée d'être obligé de s'éloigner pour jamais de la fille de don Rodrigue.

Dona Blanca descendait d'une famille qui tirait son origine du Cid de Bivar et de Chimène, fille du comte Gomez de Gormas. La postérité du vainqueur de Valence la Belle tomba, par l'ingratitude de la cour de Castille, dans une extrême pauvreté, on crut même pendant plusieurs siècles qu'elle s'était éteinte, tant elle devint obscure. Mais, vers le temps de la conquête de Grenade, un dernier rejeton de la race des Bivar, l'aïeul de Blanca, se fit reconnaître moins encore à ses titres qu'à l'éclat de sa valeur. Après l'expulsion des infidèles, Ferdinand donna au descendant du Cid les biens de plusieurs familles maures et le créa duc de Santa-Fé. Le nouveau duc fixa sa demeure à Grenade, et mourut jeune encore, laissant un fils unique déjà marié, don Rodrigue, père de Blanca.

Dona Thérésa de Xérès, femme de don Rodrigue, mit au jour un fils qui reçut à sa naissance le nom de Rodrigue, comme tous ses aïeux, mais que l'on appela don Carlos pour le distinguer de son père. Les grands événements que don Carlos eut sous les yeux dès sa plus tendre jeunesse, les périls auxquels il fut exposé presque au sortir de l'enfance, ne firent que rendre plus grave et plus rigide un caractère naturellement porté à l'austérité. Don Carlos comptait à peine quatorze ans lorsqu'il suivit Cortez au Mexique : il avait supporté tous les dangers, il avait été témoin de toutes les horreurs de cette étonnante aventure

il avait assisté à la chute du dernier roi d'un monde jusque alors inconnu. Trois ans après cette catastrophe, don Carlos s'était trouvé en Europe à la bataille de Pavie, comme pour voir l'honneur et la vaillance couronnés succomber sous les coups de la fortune. L'aspect d'un nouvel univers, de longs voyages sur des mers non encore parcourues, le spectacle des révolutions et des vicissitudes du sort, avaient fortement ébranlé l'imagination religieuse et mélancolique de don Carlos : il était entré dans l'ordre chevaleresque de Calatrava, et, renonçant au mariage malgré les prières de don Rodrigue, il destinait tous ses biens à sa sœur.

Blanca de Bivar, sœur unique de don Carlos et beaucoup plus jeune que lui, était l'idole de son père : elle avait perdu sa mère, et elle entrait dans sa dix-huitième année lorsque Aben-Hamet parut à Grenade. Tout était séduction dans cette femme enchanteresse ; sa voix était ravissante, sa danse plus légère que le zéphyr ; tantôt elle se plaisait à guider un char comme

Armide, tantôt elle volait sur le dos du plus rapide coursier d'Andalousie, comme ces fées charmantes qui apparaissaient à Tristan et à Galaor dans les forêts. Athènes l'eût prise pour Aspasie et Paris pour Diane de Poitiers, qui commençait à briller à la cour. Mais avec les charmes d'une Française elle avait les passions d'une Espagnole, et sa coquetterie naturelle n'ôtait rien à la sûreté, à la constance, à la force, à l'élévation des sentiments de son cœur.

Aux cris qu'avaient poussés les jeunes Espagnoles lorsque Aben-Hamet s'était élancé dans le bocage, don Rodrigue était accouru. « Mon père, dit Blanca, voilà le seigneur maure dont je vous ai parlé. Il m'a entendue chanter, il m'a reconnue ; il est entré dans le jardin pour me remercier de lui avoir enseigné sa route. »

Le duc de Santa-Fé reçut l'Abencerage avec la politesse grave et pourtant naïve des Espagnols. On ne remarque chez cette nation aucun de ces airs serviles, aucun de ces tours de phrase qui annoncent l'abjection des pensées et la dégradation de l'âme. La langue du grand seigneur et du paysan est la même, le salut le même, les compliments, les habitudes, les usages, sont les mêmes. Autant la confiance et la générosité de ce peuple envers les étrangers sont sans bornes, autant sa vengeance est terrible quand on le trahit. D'un courage héroïque, d'une patience à toute épreuve, incapable de céder à la mauvaise fortune, il faut qu'il la dompte ou qu'il en soit écrasé. Il a peu de ce qu'on appelle esprit ; mais les passions exaltées lui tiennent lieu de cette lumière qui vient de la finesse et de l'abondance des idées. Un Espagnol qui passe le jour sans parler, qui n'a rien vu, qui ne se soucie de rien voir, qui n'a rien lu, rien étudié, rien comparé, trouvera dans la grandeur de ses résolutions les ressources nécessaires au moment de l'adversité.

C'était le jour de la naissance de don Rodrigue, et Blanca donnait à son père une tertullia , ou petite fête, dans cette charmante solitude. Le duc de Santa- Fé invita Aben-Hamet à s'asseoir au milieu des jeunes femmes, qui s'amusaient du turban et de la robe de l'étranger. On apporta des carreaux de velours, et l'Abencerage se reposa sur ces carreaux à la façon des Maures. On lui fit des questions sur son pays et sur ses aventures ; il y répondit avec esprit et gaieté. Il parlait le castillan le plus pur ; on aurait pu le prendre pour un Espagnol, s'il n'eût presque toujours dit toi au lieu de vous. Ce mot avait quelque chose de si doux dans sa bouche, que Blanca ne pouvait se défendre d'un secret dépit lorsqu'il s'adressait à l'une de ses compagnes.

De nombreux serviteurs parurent : ils portaient le chocolat, les pâtes de fruits et les petits pains de sucre de Malaga, blancs comme la neige, poreux et légers comme des éponges. Après le refresco , on pria Blanca d'exécuter une de ces danses de caractère où elle surpassait les plus habiles gitanas. Elle fut obligée de céder aux veux de ses amies. Aben-Hamet avait gardé le silence, mais ses regards suppliants parlaient au défaut de sa bouche. Blanca choisit une Zambra, danse expressive que les Espagnols ont empruntée des Maures.

Une des jeunes femmes commence à jouer sur la guitare l'air de la danse étrangère. La fille de don Rodrigue ôte son voile et attache à ses mains blanches des castagnettes de bois d'ébène. Ses cheveux noirs tombent en boucles sur son cou d'albâtre ; sa bouche et ses yeux sourient de concert ; son teint est animé par le mouvement de son cœur. Tout à coup elle fait retentir le bruyant ébène, frappe trois fois la mesure, entonne le chant de la Zambra et, mêlant sa voix au son de la guitare, elle part comme un éclair.

Quelle variété dans ses pas ! quelle élégance dans ses attitudes ! Tantôt elle lève ses bras avec vivacité, tantôt elle les laisse retomber avec mollesse. Quelquefois elle s'élance comme enivrée de plaisir et se retire comme accablée de douleur. Elle tourne la tête, semble appeler quelqu'un d'invisible, tend modestement une joue vermeille au baiser d'un nouvel époux, fuit honteuse, revient brillante et consolée, marche d'un pas noble et presque guerrier, puis voltige de nouveau sur le gazon. L'harmonie de ses pas, de ses chants et des sons de sa guitare était parfaite. La voix de Blanca, légèrement voilée, avait cette sorte d'accent qui remue les passions jusqu'au fond de l'âme. La musique espagnole, composée de soupirs et de mouvements vifs, de refrains tristes, de chants subitement arrêtés, offre un singulier mélange de gaieté et de mélancolie. Cette musique et cette danse fixèrent sans retour le destin du dernier Abencerage : elles auraient suffi pour troubler un cœur moins malade que le sien.

On retourna le soir à Grenade par la vallée du Douro. Don Rodrigue, charmé des manières nobles et polies d'Aben-Hamet, ne voulut point se séparer de lui qu'il ne lui eût promis de venir souvent amuser Blanca des merveilleux récits de l'Orient. Le Maure, au comble de ses vœux, accepta l'invitation du duc de Santa-Fé, et dès le lendemain il se rendit au palais où respirait celle qu'il aimait plus que la lumière du jour.

Blanca se trouva bientôt engagée dans une passion profonde par l'impossibilité même où elle crut être d'éprouver jamais cette passion. Aimer un infidèle, un Maure, un inconnu, lui paraissait une chose si étrange, qu'elle ne prit aucune précaution contre le mal qui commençait à se glisser dans ses veines ; mais aussitôt qu'elle en reconnut les atteintes, elle accepta ce mal en véritable Espagnole. Les périls et les chagrins qu'elle prévit ne la firent point reculer au bord de l'abîme, ni délibérer longtemps avec son cœur. Elle se dit : « Qu'Aben-Hamet soit chrétien, qu'il m'aime, et je le suis au bout de la terre. »

L'Abencerage ressentait de son côté toute la puissance d'une passion irrésistible : il ne vivait plus que pour Blanca. Il ne s'occupait plus des projets qui l'avaient amené à Grenade ; il lui était facile d'obtenir des éclaircissements qu'il était venu chercher, mais tout autre intérêt que celui de son amour s'était évanoui à ses yeux. Il redoutait même des lumières qui auraient pu apporter des changements dans sa vie. Il ne demandait rien, il ne voulait rien connaître, il se disait : « Que Blanca soit musulmane, qu'elle m'aime, et je la sers jusqu'à mon dernier soupir. »

Aben-Hamet et Blanca, ainsi fixés dans leur résolution, n'attendaient que le moment de se découvrir leurs sentiments. On était alors dans les plus beaux jours de l'année. « Vous n'avez point encore vu l'Alhambra, dit la fille du duc de Santa-Fé à l'Abencerage. Si j'en crois quelques paroles qui vous sont échappées, votre famille est originaire de Grenade. Peut-être serez-vous bien aise de visiter le palais de vos anciens rois ? Je veux moi-même ce soir vous servir de guide. »

Aben-Hamet jura par le prophète que jamais promenade ne pouvait lui être plus agréable.

L'heure fixée pour le pèlerinage de l'Alhambra étant arrivée, la fille de don Rodrigue monta sur une haquenée blanche accoutumée à gravir les rochers comme un chevreuil. Aben-Hamet accompagnait la brillante Espagnole sur un cheval andalou équipé à la manière des Turcs. Dans la course rapide du jeune Maure, sa robe de pourpre s'enflait derrière lui, son sabre recourbé retentissait sur la selle élevée et le vent agitait l'aigrette dont son turban était surmonté. Le peuple, charmé de sa bonne grâce, disait en le regardant passer : « C'est un prince infidèle que dona Blanca va convertir. »

Ils suivirent d'abord une longue rue qui portait encore le nom d'une illustre famille maure ; cette rue aboutissait à l'enceinte extérieure de l'Alhambra. Ils traversèrent ensuite un bois d'ormeaux, arrivèrent à une fontaine, et se trouvèrent bientôt devant l'enceinte intérieure du palais de Boabdil. Dans une muraille flanquée de tours et surmontée de créneaux s'ouvrait une porte appelée la Porte du Jugement . Ils franchirent cette première porte, et s'avancèrent par un chemin étroit qui serpentait entre de hauts murs et des masures à demi ruinées. Ce chemin les conduisit à la place des Algibes, près de laquelle Charles-Quint faisait alors élever un palais. De là, tournant vers le nord, ils s'arrêtèrent dans une cour déserte, au pied d'un mur sans ornements et dégradé par les âges. Aben-Hamet, sautant légèrement à terre, offrit la main à Blanca pour descendre de sa mule. Les serviteurs frappèrent à une porte abandonnée dont l'herbe cachait le seuil : la porte s'ouvrit et laissa voir tout à coup les réduits secrets de l'Alhambra.

Tous les charmes, tous les regrets de la patrie, mêlés aux prestiges de l'amour, saisirent le cœur du dernier Abencerage. Immobile et muet, il plongeait des regards étonnés dans cette habitation des Génies : il croyait être transporté à l'entrée d'un de ces palais dont on lit la description dans les contes arabes. De légères galeries, des canaux de marbre blanc bordés de citronniers et d'orangers en fleur, des fontaines, des cours solitaires, s'offraient de toutes parts aux yeux d'Aben-Hamet, et à travers les voûtes allongées des portiques il apercevait d'autres labyrinthes et de nouveaux enchantements. L'azur du plus beau ciel se montrait entre des colonnes qui soutenaient une chaîne d'arceaux gothiques. Les murs, chargés d'arabesques, imitaient à la vue ces étoffes de l'Orient que brode dans l'ennui du harem le caprice d'une femme esclave. Quelque chose de voluptueux, de religieux et de guerrier semblait respirer dans ce magique édifice, espèce de cloître de l'amour, retraite mystérieuse où les rois maures goûtaient tous les plaisirs et oubliaient tous les devoirs de la vie.

Après quelques instants de surprise et de silence, les deux amants entrèrent dans ce séjour de la puissance évanouie et des félicités passées. Ils firent d'abord le tour de la salle des Mésucar, au milieu du parfum des fleurs et de la fraîcheur des eaux. Ils pénétrèrent ensuite dans la cour des Lions. L'émotion d'aben-hamet augmentait à chaque pas. « Si tu ne remplissais mon âme de délices, dit-il à Blanca, avec quel chagrin me verrais-je obligé de te demander, à toi Espagnole, l'histoire de ces demeures ! Ah ! ces lieux sont faits pour servir de retraite au bonheur, et moi... ! »

Aben-Hamet aperçut le nom de Boabdil enchâssé dans des mosaïques.

« O mou roi ! s'écria-t-il, qu'es-tu devenu ? Où te trouverai-je dans ton Alhambra désert ? » Et les larmes de la fidélité, de la loyauté et de l'honneur couvraient les yeux du jeune Maure. « Vos anciens maîtres dit Blanca, ou plutôt les rois de vos pères étaient des ingrats. - Qu'importe ? repartit l'Abencerage : ils ont été malheureux ! »

Comme il prononçait ces mots, Blanca le conduisit dans un cabinet qui semblait être le sanctuaire même du temple de l'Amour. Rien n'égalait l'élégance de cet asile : la voûte entière, peinte d'azur et d'or et composée d'arabesques découpées à jour, laissait passer la lumière comme à travers un tissu de fleurs. Une fontaine jaillissait au milieu de l'édifice, et ses eaux, retombant en rosée, étaient recueillies dans une conque d'albâtre. « Aben-Hamet, dit la fille du duc de Santa-Fé, regardez bien cette fontaine : elle reçut les têtes défigurées des Abencerages. Vous voyez encore sur le marbre la tache du sang des infortunés que Boabdil sacrifia à ses soupçons. C'est ainsi qu'on traite dans votre pays les hommes qui séduisent les femmes crédules. »

Aben-Hamet n'écoutait plus Blanca ; il s'était prosterné et baisait avec respect la trace du sang de ses ancêtres. Il se relève et s'écrie : « O Blanca ! je jure par le sang de ces chevaliers de t'aimer avec la constance, la fidélité et l'ardeur d'un Abencerage. »

« Vous m'aimez donc ? » repartit Blanca en joignant ses deux belles mains et levant ses regards au ciel. « Mais songez-vous que vous êtes un infidèle, un Maure, un ennemi, et que je suis chrétienne et Espagnole ? »

« O saint prophète ! dit Aben-Hamet, soyez témoin de mes serments !... » Blanca l'interrompant : « Quelle foi voulez-vous que j'ajoute aux serments d'un persécuteur de mon Dieu ? Savez-vous si je vous aime ? Qui vous a donné l'assurance de me tenir un pareil langage ? »

Aben-Hamet, consterné, répondit : « Il est vrai, je ne suis que ton esclave ; tu ne m'as pas choisi pour ton chevalier. «

« Maure, dit Blanca, laisse là la ruse ; tu as vu dans mes regards que je t'aimais ; ma folie pour toi passe toute mesure ; sois chrétien, et rien ne pourra m'empêcher d'être à toi. Mais si la fille du duc de Santa-Fé ose te parler avec cette franchise, tu peux juger par cela même qu'elle saura se vaincre et que jamais un ennemi des chrétiens n'aura aucun droit sur elle. »

Aben-Hamet, dans un transport de passion, saisit les mains de Blanca, les posa sur son turban et ensuite sur son cœur. « Allah est puissant, s'écria-t-il, et Aben-Hamet est heureux ! O Mahomet ! que cette chrétienne connaisse ta loi, et rien ne pourra... » - « Tu blasphèmes, dit Blanca : sortons d'ici ! »

Elle s'appuya sur le bras du Maure, et s'approcha de la fontaine des Douze-Lions, qui donne son nom à l'une des cours de l'Albambra : « Etranger, dit la naïve Espagnole, quand je regarde ta robe, ton turban, tes armes, et que je songe à nos amours, je crois voir l'ombre du bel Abencerage se promenant dans cette retraite abandonnée avec l'infortunée Alfaïma. Explique-moi l'inscription arabe gravée sur le marbre de cette fontaine. »

Aben-Hamet lut ces mots [Cette inscription existe avec quelques autres. Il est inutile de répéter que j'ai fait cette description de l'Alhambra sur les lieux mêmes. (N.d.A.)] :

La belle princesse qui se promène couverte de perles dans son jardin en augmente si prodigieusement la beauté... Le reste de l'inscription était effacé.

« C'est pour toi qu'elle a été faite, cette inscription, dit Aben-Hamet. Sultane aimée, ces palais n'ont jamais été aussi beaux dans leur jeunesse qu'ils le sont aujourd'hui dans leurs ruines. Ecoute le bruit des fontaines dont la mousse a détourné les eaux ; regarde les jardins qui se montrent à travers ces arcades à demi tombées ; contemple l'astre du jour qui se couche par delà tous ces portiques : qu'il est doux d'errer avec toi dans ces lieux ! Tes paroles embaument ces retraites, comme les roses de l'hymen. Avec quel charme je reconnais dans ton langage quelques accents de la langue de mes pères ! Le seul frémissement de ta robe sur ces marbres me fait tressaillir. L'air n'est parfumé que parce qu'il a touché ta chevelure. Tu es belle comme le Génie de ma patrie au milieu de ces débris. Mais Aben-Hamet peut-il espérer de fixer ton cœur ? Qu'est-il auprès de toi ? Il a parcouru les montagnes avec son père ; il connaît les plantes du désert... hélas ! il n'en est pas une seule qui pût le guérir de la blessure que tu lui as faite ! Il porte des armes, mais il n'est point chevalier. Je me disais autrefois : L'eau de la mer qui dort à l'abri dans le creux du rocher est tranquille et muette, tandis que tout auprès la grande mer est agitée et bruyante. Aben-Hamet ! ainsi sera ta vie, silencieuse, paisible, ignorée dans un coin de terre inconnu, tandis que la cour du sultan est bouleversée par les orages. Je me disais cela, jeune chrétienne, et tu m'as prouvé que la tempête peut aussi troubler la goutte d'eau dans le creux du rocher. »

Blanca écoutait avec ravissement ce langage nouveau pour elle, et dont le tour oriental semblait si bien convenir à la demeure des Fées, qu'elle parcourait avec son amant. L'amour pénétrait dans son cœur de toutes parts ; elle sentait chanceler ses genoux, elle était obligée de s'appuyer plus fortement sur le bras de son guide. Aben-Hamet soutenait le doux fardeau, et répétait en marchant : « Ah ! que ne suis-je un brillant Abencerage ! »

« Tu me plairais moins, dit Blanca, car je serais plus tourmentée : reste obscur et vis pour moi. Souvent un chevalier célèbre oublie l'amour pour la renommée. »

« Tu n'aurais pas ce danger à craindre, » répliqua vivement Aben-Hamet.

« Et comment m'aimerais-tu donc si tu étais un Abencerage ? » dit la descendante de Chimène.

« Je t'aimerais, répondit le Maure, plus que la gloire et moins que l'honneur. »

Le soleil était descendu sous l'horizon pendant la promenade des deux amants. Ils avaient parcouru tout l'Alhambra. Quels souvenirs offerts à la pensée d'Aben-Hamet ! Ici la sultane recevait par des soupiraux la fumée des parfums qu'on brûlait au-dessous d'elle. Là, dans cet asile écarté, elle se parait de tous les atours de l'Orient. Et c'était Blanca, c'était une femme adorée qui racontait ces détails au beau jeune homme qu'elle idolâtrait.

La lune, en se levant, répandit sa clarté douteuse dans les sanctuaires abandonnés et dans les parvis déserts de l'Alhambra. Ses blancs rayons dessinaient sur le gazon des parterres, sur les murs des salles, la dentelle d'une architecture aérienne, les cintres des cloîtres, l'ombre mobile des eaux jaillissantes et celle des arbustes balancés par le zéphyr. Le rossignol chantait dans un cyprès qui perçait les dômes d'une mosquée en ruine, et les échos répétaient ses plaintes. Aben-Hamet écrivit au clair de la lune le nom de Blanca sur le marbre de la salle des Deux-Sœurs : il traça ce nom en caractères arabes, afin que le voyageur eût un mystère de plus à deviner dans ce palais des mystères.

« Maure, ces lieux sont cruels, dit Blanca : quittons ces lieux. Le destin de ma vie est fixé pour jamais. Retiens bien ces mots : Musulman, je suis ton amante sans espoir ; chrétien, je suis ton épouse fortunée. »

Aben-Hamet répondit : « Chrétienne, je suis ton esclave désolé ; musulmane, je suis ton époux glorieux. »

Et ces nobles amants sortirent de ce dangereux palais.

La passion de Blanca s'augmenta de jour en jour, et celle d'Aben-Hamet s'accrut avec la même violence. Il était si enchanté d'être aimé pour lui seul, de ne devoir à aucune cause étrangère les sentiments qu'il inspirait, qu'il ne révéla point le secret de sa naissance à la fille du duc de Santa-Fé. Il se faisait un plaisir délicat de lui apprendre qu'il portait un nom illustre, le jour même où elle consentirait à lui donner sa main. Mais il fut tout à coup rappelé à Tunis sa mère, atteinte d'un mal sans remède, voulait embrasser son fils et le bénir avant d'abandonner la vie. Aben-Hamet se présente au palais de Blanca. « Sultane, lui dit-il, ma mère va mourir. Elle me demande pour lui fermer les yeux. Me conserveras-tu ton amour ? »

« Tu me quittes, répondit Blanca pâlissante. Te reverrai-je jamais ? »

« Viens, dit Aben-Hamet. Je veux exiger de toi un serment, et t'en faire un que la mort seule pourra briser. Suis-moi. »

Ils sortent ; ils arrivent à un cimetière qui fut jadis celui des Maures. On voyait encore çà et là de petites colonnes funèbres autour desquelles le sculpteur figura jadis un turban, mais les chrétiens avaient depuis remplacé ce turban par une croix. Aben-Hamet conduisit Blanca au pied de ces colonnes.

« Blanca, dit-il, mes ancêtres reposent ici : je jure par leurs cendres de t'aimer jusqu'au jour où l'ange du jugement m'appellera au tribunal d'Allah. Je te promets de ne jamais engager mon cœur à une autre femme et de te prendre pour épouse aussitôt que tu connaîtras la sainte lumière du prophète. Chaque année, à cette époque, je reviendrai à Grenade pour voir si tu m'as gardé ta foi et si tu veux renoncer à tes erreurs. »

« Et moi, dit Blanca en larmes, je t'attendrai tous les ans ; je te conserverai jusqu'à mon dernier soupir la foi que je t'ai jurée, et je te recevrai pour époux lorsque le Dieu des chrétiens, plus puissant que ton amante, aura touché ton cœur infidèle. »

Aben-Hamet part ; les vents l'emportent aux bords africains ; sa mère venait d'expirer. Il la pleure, il embrasse son cercueil. Les mois s'écoulent : tantôt errant parmi les ruines de Carthage, tantôt assis sur le tombeau de saint Louis, l'Abencerage exilé appelle le jour qui doit le ramener à Grenade. Ce jour se lève enfin : Aben-Hamet monte sur un vaisseau et fait tourner la proue vers Malaga. Avec quel transport, avec quelle joie mêlée de crainte il aperçut les premiers promontoires de l'Espagne ! Blanca l'attend-elle sur ces bords ? Se souvient-elle encore d'un pauvre Arabe qui ne cessa de l'adorer sous le palmier du désert ?

La fille du duc de Santa-Fé n'était point infidèle à ses serments. Elle avait prié son père de la conduire à Malaga. Du haut des montagnes qui bordaient la côte inhabitée, elle suivait des yeux les vaisseaux lointains et les voiles fugitives. Pendant la tempête, elle contemplait avec effroi la mer soulevée par les vents : elle aimait alors à se perdre dans les nuages, à s'exposer dans les passages dangereux, à se sentir baignée par les mêmes vagues, enlevé par le même tourbillon, qui menaçaient les jours d'Aben-Hamet. Quand elle voyait la mouette plaintive raser les flots avec ses grandes ailes recourbées et voler vers les rivages de l'Afrique, elle la chargeait de toutes ces paroles d'amour, de tous ces vœux insensés qui sortent d'un cœur que la passion dévore.

Un jour qu'elle errait sur les grèves, elle aperçut une longue barque dont la proue élevée, le mat penché et la voile latine annonçaient l'élégant génie des Maures. Blanca court au port, et voit bientôt entrer le vaisseau barbaresque, qui faisait écumer l'onde sous la rapidité de sa course. Un Maure couvert de superbes habits se tenait debout sur la proue. Derrière lui deux esclaves noirs arrêtaient par le frein un cheval arabe dont les naseaux fumants et les crins épars annonçaient à la fois son naturel ardent et la frayeur que lui inspirait le bruit des vagues. La barque arrive, abaisse ses voiles, touche au mole, présente le flanc : le Maure s'élance sur la rive, qui retentit du son de ses armes. Les esclaves font sortir le coursier tigré comme un léopard, qui hennit et bondit de joie en retrouvant la terre.

D'autres esclaves descendent doucement une corbeille où reposait une gazelle couchée parmi des feuilles de palmier. Ses jambes fines étaient attachées et ployées sous elle de peur qu'elles ne se fussent brisées dans les mouvements du vaisseau ; elle portait un collier de grains d'aloès, et sur une plaque d'or qui servaient à rejoindre les deux bouts du collier étaient gravés en arabe un nom et un talisman.

Blanca reconnaît Aben-Hamet : elle n'ose se trahir aux yeux de la foule, elle se retire et envoie Dorothée, une de ses femmes, avertir l'Abencerage qu'elle l'attend au palais des Maures. Aben-Hamet présentait en ce moment au gouverneur son firman, écrit en lettres d'azur sur un vélin précieux et renfermé dans un fourreau de soie. Dorothée s'approche, et conduit l'heureux Abencerage aux pieds de Blanca. Quels transports en se retrouvant tous deux fidèles ! quel bonheur de se revoir après avoir été si longtemps séparés ! Quels nouveaux serments de s'aimer toujours !

Les deux esclaves noirs amènent le cheval numide, qui, au lieu de selle, n'avait sur le dos qu'une peau de lion rattachée par une zone de pourpre. On apporte ensuite la gazelle. « Sultane, dit Aben-Hamet, c'est un chevreuil de mon pays, presque aussi léger que toi. « Blanca détache elle-même l'animal charmant, qui semblait la remercier en jetant sur elle les regards les plus doux. Pendant l'absence de l'Abencerage, la fille du duc de Santa-Fé avait étudié l'arabe : elle lut avec des yeux attendris son propre nom sur le collier de la gazelle. Celle-ci, rendue à la liberté, se soutenait à peine sur ses pieds si longtemps enchaînés ; elle se couchait à terre et appuyait sa tête sur les genoux de sa maîtresse. Blanca lui présentait des dattes nouvelles et caressait cette chevrette du désert, dont la peau fine avait retenu l'odeur du bois d'aloès et de la rose de Tunis.

L'Abencerage, le duc de Santa-Fé et sa fille partirent ensemble pour Grenade. Les jours du couple heureux s'écoulèrent comme ceux de l'année précédente : mêmes promenades, même regret à la vue de la patrie, même amour ou plutôt amour toujours croissant, toujours partagé, mais aussi même attachement dans les deux amants à la religion de leurs pères. « Sois chrétien, » disait Blanca ; « Sois musulmane, » disait Aben-Hamet : et ils se séparèrent encore une fois sans avoir succombé à la passion qui les entraînait l'un vers l'autre.

Aben-Hamet reparut la troisième année, comme ces oiseaux voyageurs que l'amour ramène au printemps dans nos climats. Il ne trouva point Blanca au rivage, mais une lettre de cette femme adorée apprit au fidèle Arabe le départ du duc de Santa-Fé pour Madrid et l'arrivée de don Carlos à Grenade. Don Carlos était accompagné d'un prisonnier français, ami du frère de Blanca. Le Maure sentit son cœur se serrer à la lecture de cette lettre. Il partit de Malaga pour Grenade avec les plus tristes pressentiments. Les montagnes lui parurent d'une solitude effrayante, et il tourna plusieurs fois la tête pour regarder la mer qu'il venait de traverser.

Blanca, pendant l'absence de son père, n'avait pu quitter un frère qu'elle aimait, un frère qui voulait en sa faveur se dépouiller de tous ses biens et qu'elle revoyait après sept années d'absence. Don Carlos avait tout le courage et toute la fierté de sa nation : terrible comme les conquérants du Nouveau- Monde, parmi lesquels il avait fait ses premières armes ; religieux comme les chevaliers espagnols vainqueurs des Maures, il nourrissait dans son cœur contre les infidèles la haine qu'il avait héritée du sang du Cid.

Thomas de Lautrec, de l'illustre maison de Foix, où la beauté dans les femmes et la beauté dans les hommes passaient pour un don héréditaire, était frère cadet de la comtesse de Foix et du brave et malheureux Odet de Foix, seigneur de Lautrec. A l'âge de dix-huit ans, Thomas avait été armé chevalier par Bayard, dans cette retraite qui coûta la vie au Chevalier sans peur et sans reproche. Quelque temps après, Thomas fut percé de coups et fait prisonnier à Pavie, en défendant le roi chevalier qui perdit tout alors, fors l'honneur .

Don Carlos de Bivar, témoin de la vaillance de Lautrec, avait fait prendre soin des blessures du jeune Français, et bientôt il s'établit entre eux une de ces amitiés héroïques dont l'estime et la vertu sont les fondements. François Ier était retourné en France, mais Charles Quint retint les autres prisonniers. Lautrec avait eu l'honneur de partager la captivité de son roi et de coucher à ses pieds dans la prison. Resté en Espagne après le départ du monarque, il avait été remis sur sa parole à don Carlos, qui venait de l'amener à Grenade.

Lorsque Aben-Hamet se présenta au palais de don Rodrigue et fut introduit dans la salle où se trouvait la fille du duc de Santa-Fé, il sentit des tourments jusqu'à alors inconnus pour lui. Aux pieds de dona Blanca était assis un jeune homme qui la regardait en silence, dans une espèce de ravissement. Ce jeune homme portait un haut-de-chausses de buffle et un pourpoint de même couleur, serré par un ceinturon d'où pendait une épée aux fleurs de lis. Un manteau de soie était jeté sur ses épaules, et sa tête était couverte d'un chapeau à petits bords, ombragé de plumes ; une fraise de dentelle, rabattue sur sa poitrine, laissait voir son cou découvert. Deux moustaches noires comme l'ébène donnaient à son visage naturellement doux un air mâle et guerrier. De larges bottes qui tombaient et se repliaient sur ses pieds portaient l'éperon d'or, marque de la chevalerie.

A quelque distance, un autre chevalier se tenait debout appuyé sur la croix de fer de sa longue épée : il était vêtu comme l'autre chevalier, mais il paraissait plus âgé. Son air austère, bien qu'ardent et passionné, inspirait le respect et la crainte. La croix rouge de Calatrava était brodée sur son pourpoint avec cette devise Pour elle et pour mon roi .

Un cri involontaire s'échappa de la bouche de Blanca lorsqu'elle aperçut Aben-Hamet. « Chevaliers, dit-elle aussitôt, voici l'infidèle dont je vous ai tant parlé : craignez qu'il ne remporte la victoire. Les Abencerages étaient faits comme lui, et nul ne les surpassait en loyauté, courage et galanterie. »

Don Carlos s'avança au-devant d'Aben-Hamet. « Seigneur Maure, dit-il, mon père et ma sœur m'ont appris votre nom ; on vous croit d'une race noble et brave ; vous-même, vous êtes distingué par votre courtoisie. Bientôt Charles Quint, mon maître doit porter la guerre à Tunis, et nous nous verrons, j'espère, au champ d'honneur. »

Aben-Hamet posa la main sur son sein, s'assit à terre sans répondre, et resta les veux attachés sur Blanca et sur Lautrec. Celui-ci admirait, avec la curiosité de son pays, la robe superbe, les armes brillantes, la beauté du Maure

Blanca ne paraissait point embarrassée ; toute son âme était dans ses yeux la sincère Espagnole n'essayait point de cacher le secret de son cœur. Après quelques moments de silence, Aben-Hamet se leva, s'inclina devant la fille de don Rodrigue, et se retira. Etonné du maintien du Maure et des regards de Blanca, Lautrec sortit avec un soupçon qui se changea bientôt en certitude.

Don Carlos resta seul avec sa sœur. « Blanca, lui dit-il, expliquez-vous. D'où naît le trouble que vous a causé la vue de cet étranger ? »

« Mon frère, répondit Blanca, j'aime Aben-Hamet ! et s'il veut se faire chrétien, ma main est à lui. »

« Quoi ! s'écria don Carlos, vous aimez Aben-Hamet ! la fille des Bivar aime un Maure, un infidèle, un ennemi que nous avons chassé de ces palais ! »

« Don Carlos, répliqua Blanca, j'aime Aben-Hamet ; Aben-Hamet m'aime ; depuis trois ans il renonce à moi plutôt que de renoncer à la religion de ses pères. Noblesse, honneur, chevalerie, sont en lui ; jusqu'à mon dernier soupir je l'adorerai. »

Don Carlos était digne de sentir ce que la résolution d'Aben-Hamet avait de généreux, quoiqu'il déplorât l'aveuglement de cet infidèle. « Infortunée Blanca, dit-il, où te conduira cet amour ? J'avais espéré que Lautrec, mon ami, deviendrait mon frère. »

« Tu t'étais trompé, répondit Blanca : je ne puis aimer cet étranger. Quant à mes sentiments pour Aben-Hamet, je n'en dois compte à personne. Garde tes serments de chevalerie comme je garderai mes serments d'amour. Sache seulement, pour te consoler, que jamais Blanca ne sera l'épouse d'un infidèle. »

« Notre famille disparaîtra donc de la terre ! » s'écria don Carlos.

« C'est à toi de la faire revivre, dit Blanca. Qu'importent d'ailleurs des fils que tu ne verras point et qui dégénéreront de ta vertu ? Don Carlos, je sens que nous sommes les derniers de notre race ; nous sortons trop de l'ordre commun pour que notre sang fleurisse après nous : le Cid fut notre aïeul, il sera notre postérité. » Blanca sortit.

Don Carlos vole chez l'Abencerage. « Maure, lui dit-il, renonce à ma sœur ou accepte le combat. »

« Es-tu chargé par ta sœur, répondit Aben-Hamet, de me redemander les serments qu'elle m'a faits ? »

« Non, répliqua don Carlos : elle t'aime plus que jamais. »

« Ah digne frère de Blanca ! s'écria Aben-Hamet en l'interrompant, je dois tenir tout mon bonheur de ton sang ! O fortuné Aben-Hamet ! O heureux jour ! je croyais Blanca infidèle pour ce chevalier français... »

« Et c'est là ton malheur, s'écria à son tour don Carlos hors de lui : Lautrec est mon ami ; sans toi il serait mon frère. Rends-moi raison des larmes que tu fais verser à ma famille. »

« Je le veux bien, répondit Aben-Hamet ; mais, né d'une race qui peut-être a combattu la tienne, je ne suis pourtant point chevalier. Je ne vois ici personne pour me conférer l'ordre qui te permettra de te mesurer avec moi sans descendre de ton rang. »

Don Carlos, frappé de la réflexion du Maure, le regarda avec un mélange d'admiration et de fureur. Puis tout à coup : « C'est moi qui t'armerai chevalier ! tu en es digne. »

Aben-Hamet fléchit le genou devant don Carlos, qui lui donne l'accolade en lui frappant trois fois l'épaule du plat de son épée ; ensuite don Carlos lui ceint cette même épée que l'Abencerage va peut-être lui plonger dans la poitrine : tel était l'antique honneur.

Tous deux s'élancent sur leurs coursiers, sortent des murs de Grenade, et volent à la fontaine du Pin. Les duels des Maures et des chrétiens avaient depuis longtemps rendu cette source célèbre. C'était là que Malique Alabès s'était battu contre Ponce de Léon, et que le grand maître de Calatrava avait donné la mort au valeureux Abayados. On voyait encore les débris des armes de ce chevalier maure suspendus aux branches du pin, et l'on apercevait sur l'écorce de l'arbre quelques lettres d'une inscription funèbre. Don Carlos montra de la main la tombe d'Abayados à l'Abencerage : « Imite, lui cria-t-il, ce brave infidèle, et reçois le baptême et la mort de ma main. »

« La mort peut-être, répondit Aben-Hamet, mais vivent Allah et le Prophète ! »

Ils prirent aussitôt du champ, et coururent l'un sur l'autre avec furie. Ils n'avaient que leurs épées : Aben-Hamet était moins habile dans les combats que don Carlos, mais la bonté de ses armes, trempées à Damas, et la légèreté de son cheval arabe, lui donnaient encore l'avantage sur son ennemi. Il lança son coursier comme les Maures, et avec son large étrier tranchant il coupa la jambe droite du cheval de don Carlos au-dessous du genou. Le cheval blessé s'abattit, et don Carlos, démonté par ce coup heureux, marche sur Aben-Hamet l'épée haute. Aben-Hamet saute à terre et reçoit don Carlos avec intrépidité. Il pare les premiers coups de l'Espagnol, qui brise son épée sur le fer de Damas. Trompé deux fois par la fortune, don Carlos verse des pleurs de rage et crie à son ennemi : « Frappe, Maure, frappe ! don Carlos désarmé te défie, toi et toute ta race infidèle. »

« Tu pouvais me tuer, répond l'Abencerage, mais je n'ai jamais songé à te faire la moindre blessure : j'ai voulu seulement te prouver que j'étais digne d'être ton frère, et t'empêcher de me mépriser. »

Dans cet instant on aperçois un nuage de poussière : Lautrec et Blanca pressaient deux cavales de Fez, plus légères que les vents. Ils arrivent à la fontaine du Pin et voient le combat suspendu.

« Je suis vaincu, dit don Carlos ; ce chevalier m'a donné la vie. Lautrec, vous serez peut-être plus heureux que moi. »

« Mes blessures, dit Lautrec d'une voix noble et gracieuse me permettent de refuser le combat contre ce chevalier courtois. Je ne veux point, ajouta-t-il en rougissant, connaître le sujet de votre querelle et pénétrer un secret qui porterait peut-être la mort dans mon sein. Bientôt mon absence fera renaître la paix parmi vous, à moins que Blanca ne m'ordonne de rester à ses pieds. »

« Chevalier, dit Blanca, vous demeurerez auprès de mon frère, vous me regarderez comme votre sœur. Tous les cœurs qui sont ici éprouvent des chagrins : vous apprendrez de nous à supporter les maux de la vie. »

Blanca voulut contraindre les trois chevaliers à se donner la main : tous les trois s'y refusèrent : « Je hais Aben-Hamet ! « s'écria don Carlos. « Je l'envie, « dit Lautrec. - « Et moi, dit l'Abencerage, j'estime don Carlos et je plains Lautrec, mais je ne saurais les aimer. »

« Voyons-nous toujours, dit Blanca, et tôt ou tard l'amitié suivra l'estime. Que l'événement fatal qui nous rassemble ici soit à jamais ignoré de Grenade. » Aben-Hamet devint dès ce moment plus cher à la fille du duc de Santa-Fé : l'amour aime la vaillance ; il ne manquait plus rien à l'Abencerage, puisqu'il était brave et que don Carlos lui devait la vie. Aben-Hamet, par le conseil de Blanca s'abstînt pendant quelques jours de se présenter au palais afin de laisser se calmer la colère de don Carlos. Un mélange de sentiments doux et amers remplissait l'âme de L'Abencerage : d'un côté l'assurance d'être aimé avec tant de fidélité et d'ardeur était pour lui une source inépuisable de délice, d'un autre côté la certitude de n'être jamais heureux sans renoncer à la religion de ses pères accablait le courage d'Aben-Hamet. Déjà plusieurs années s'étaient écoulées sans apporter de remède à ses maux : verrait-il ainsi s'écouler le reste de sa vie ?

Il était plongé dans un abîme de réflexions les plus sérieuses et les plus tendres, lorsqu'un soir il entendit sonner cette prière chrétienne qui annonce la fin du jour. Il lui vint en pensée d'entrer dans le temple du Dieu de Blanca et de demander des conseils au Maître de la nature.

Il sort, il arrive à la porte d'une ancienne mosquée convertie en église par les fidèles. Le cœur saisi de tristesse et de religion, il pénètre dans le temple qui fut autrefois celui de son Dieu et de sa patrie. La prière venait de finir

il n'y avait plus personne dans l'église. Une sainte obscurité régnait à travers une multitude de colonnes qui ressemblaient au tronc des arbres d'une forêt régulièrement plantée. L'architecture légère des Arabes s'était mariée à l'architecture gothique, et, sans rien perdre de son élégance, elle avait pis une gravité plus convenable aux méditations.

Quelques lampes éclairaient à peine les enfoncements des voûtes ; mais à la clarté de plusieurs cierges allumés on voyait encore briller l'autel du sanctuaire : il étincelait d'or et de pierreries. Les Espagnols mettent toute leur gloire à se dépouiller de leurs richesses pour en parer les objets du culte, et l'image du Dieu vivant placée au milieu des voiles de dentelles, des couronnes de perles et des gerbes de rubis, est adoré par un peuple à demi nu.

On ne remarquait aucun siège au milieu de la vaste enceinte : un pavé de marbre qui recouvrait des cercueils servait aux grands comme aux petits pour se prosterner devant le Seigneur.

Aben-Hamet s'avançait lentement dans les nefs désertes qui retentissaient du seul bruit de ses pas. Son esprit était partagé entre les souvenirs que cet ancien édifice de la religion des Maures retraçait à sa mémoire et les sentiments que la religion des chrétiens faisait naître dans son cœur. Il entrevit au pied d'une colonne une figure immobile, qu'il prit d'abord pour une statue sur un tombeau ; il s'en approche ; il distingue un jeune chevalier à genou, le front légèrement incliné et les deux bras croisés sur sa poitrine. Ce chevalier ne fit aucun mouvement au bruit des pas d'Aben-Hamet ; aucune distraction, aucun signe extérieur de vie ne troubla sa profonde prière. Son épée était couchée à terre devant lui, et son chapeau, chargé de plumes, était posé sur le marbre à ses côtés : il avait l'air d'être fixé dans cette attitude par l'effet d'un enchantement.

C'était Lautrec : « Ah ! dit l'Abencerage en lui-même, ce jeune et beau Français demande au ciel quelque faveur signalée ; ce guerrier déjà célèbre par son courage, répand ici son cœur devant le souverain du ciel, comme le plus humble et le plus obscur des hommes. Prions donc aussi le Dieu des chevaliers et de la gloire. »

Aben-Hamet allait se précipiter sur le marbre, lorsqu'il aperçut, à la lueur d'une lampe, des caractères arabes et un verset du Coran qui paraissaient sous un plâtre à demi tombé. Les remords rentrent dans son cœur, et il se hâte de quitter l'édifice où il a pensé devenir infidèle à sa religion et à sa patrie.

Le cimetière qui environnait cette ancienne mosquée était une espèce de jardin planté d'orangers, de cyprès, de palmiers, et arrosé par deux fontaines ; un cloître régnait alentour. Aben-Hamet, en passant sous un des portiques, aperçut une femme prête à entrer dans l'église. Quoiqu'elle fût enveloppée d'un voile, l'Abencerage reconnut la fille du duc de Santa-Fé ; il l'arrête, et lui dit : « Viens-tu chercher Lautrec dans ce temple ? »

« Laisse là ces vulgaires jalousies, répondit Blanca : si je ne t'aimais plus, je te le dirais ; je dédaignerais de te tromper. Je viens ici prier pour toi ; toi seul es maintenant l'objet de mes vœux : j'oublie mon âme pour la tienne. Il ne fallait pas m'enivrer du poison de ton amour, ou il fallait consentir à servir le Dieu que je sers. Tu troubles toute ma famille, mon frère te hait ; mon père est accablé de chagrin, parce que je refuse de choisir un époux. Ne t'aperçois-tu pas que ma santé s'altère ? Vois cet asile de la mort ; il est enchanté ! Je m'y reposerai bientôt, si tu ne te hâtes de recevoir ma foi au pied de l'autel des chrétiens. Les combats que j'éprouve minent peu à peu ma vie ; la passion que tu m'inspires ne soutiendra pas toujours ma frêle existence ; songe, ô Maure ! pour te parler ton langage, que le feu qui allume le flambeau est aussi le feu qui le consume. »

Blanca entre dans l'église, et laisse Aben-Hamet accablé de ces dernières paroles.

C'en est fait : l'Abencerage est vaincu ; il va renoncer aux erreurs de son culte ; assez longtemps il a combattu. La crainte de voir Blanca mourir l'emporte sur tout autre sentiment dans le cœur d'Aben-Hamet. Après tout, se disait-il, le Dieu des chrétiens est peut-être le Dieu véritable. Ce Dieu est toujours le Dieu des nobles âmes, puisqu'il est celui de Blanca, de don Carlos et de Lautrec.

Dans cette pensée, Aben-Hamet attendit avec impatience le lendemain pour faire connaître sa résolution à Blanca et changer une vie de tristesse et de larmes en une vie de joie et de bonheur. Il ne put se rendre au palais du duc de Santa-Fé que le soir. Il apprit que Blanca était allée avec son frère au Généralife, où Lautrec donnait une fête. Aben-Hamet, agité de nouveaux soupçons, vole sur les traces de Blanca. Lautrec rougit en voyant paraître l'Abencerage; quant à Don Carlos, il reçut le Maure avec une froide politesse, mais à travers laquelle perçait l'estime.

Lautrec avait fait servir les plus beaux fruits de l'Espagne et de l'Afrique dans une des salles du Généralife appelée la salle des Chevaliers. Tout autour de cette salle étaient suspendus les portraits des princes et des chevaliers vainqueurs des Maures, Pelage, le Cid, Gonzalve de Cordoue. L'épée du dernier roi de Grenade était attachée au-dessous de ces portraits. Aben-Hamet renferma sa douleur en lui-même, et dit seulement comme le lion, en regardant ces tableaux : « Nous ne savons pas peindre. »

Le généreux Lautrec, qui voyait les yeux de l'Abencerage se tourner malgré lui vers l'épée de Boabdil, lui dit : « Chevalier Maure, si j'avais prévu que vous m'eussiez fait l'honneur de venir à cette fête, je ne vous aurais pas reçu ici. On perd tous les jours une épée, et j'ai vu le plus vaillant des rois remettre la sienne à son heureux ennemi. »

« Ah ! s'écria le Maure en se couvrant le visage d'un pan de sa robe, on peut la perdre comme François Ier, mais comme Boabdil !… »

La nuit vint:on apporta des flambeaux; la conversation changea de cours. On pria don Carlos de raconter la découverte du Mexique. Il parla de ce monde inconnu avec l'éloquence pompeuse naturelle à la nation espagnole. Il dit les malheurs de Montézume, les mœurs des Américains, les prodiges de la valeur castillane et même les cruautés de ses compatriotes, qui ne lui semblaient mériter ni blâme ni louange. Ces récits enchantaient Aben-Hamet, dont la passion pour les histoires merveilleuses trahissoit le sang arabe. Il fit à son tour le tableau de l'empire ottoman, nouvellement assis sur les ruines de Constantinople, non sans donner des regrets au premier empire de Mahomet ; temps heureux où le commandeur des croyants voyoit briller autour de lui Zobeide, Fleur de Beauté, Force des Cœurs, Tourmente, et ce généreux Ganem, esclave par amour. Quant à Lautrec, il peignit la cour galante de François Ier, les arts renaissant du sein de la barbarie, l'honneur, la loyauté, la chevalerie des anciens temps, unis à la politesse des siècles civilisés, les tourelles gothiques ornées des ordres de la Grèce, et les dames gauloises rehaussant la richesse de leurs atours par l'élégance athénienne.

Après ces discours, Lautrec, qui vouloit amuser la divinité de cette fête, prit une guitare, et chanta cette romance qu'il avoit composée sur un air des montagnes de son pays :

<blockquote>
Combien j'ai douce souvenance
Du joli lieu de ma naissance !
Ma sœur, qu'ils étaient beaux, les jours
De France !
Ô mon pays, sois mes amours
Toujours !

Te souvient-il que notre mère,
Au foyer de notre chaumière,
Nous pressoit sur son cœur joyeux,
Ma chère,
Et nous baisions ses blancs cheveux
Tous deux ?
</blockquote>

> Ma sœur, te souvient-il encore
> Du château que baignoit la Dore !
> Et de cette tant vieille tour
> Du Maure,
> Où l'airain sonnoit le retour
> Du jour ?
>
> Te souvient-il du lac tranquille
> Qu'effleuroit l'hirondelle agile
>
> Du vent qui courboit le roseau
> Mobile,
> Et du soleil couchant sur l'eau,
> Si beau ?
>
> Oh ! qui me rendra mon Hélène,
> Et ma montagne et le grand chêne ?
> Leur souvenir fait tous les jours
> Ma peine :
> Mon pays sera mes amours
> Toujours !

Lautrec, en achevant le dernier couplet, essuya avec son gant une larme que lui arrachait le souvenir du gentil pays de France. Les regrets du beau prisonnier furent vivement sentis par Aben-Hamet, qui déploroit comme Lautrec la perte de sa patrie. Sollicité de prendre à son tour la guitare, il s'en excusa, en disant qu'il ne savoit qu'une romance, et qu'elle serait peu agréable à des chrétiens.

« Si ce sont des infidèles qui gémissent de nos victoires, repartit dédaigneusement don Carlos, vous pouvez chanter : les larmes sont permises aux vaincus. »

« Oui, dit Blanca, et c'est pour cela que nos pères, soumis autrefois au joug des Maures, nous ont laissé tant de complaintes. »

Aben-Hamet chanta donc cette ballade, qu'il avait apprise d'un poète de la tribu des Abencerages :

Le roi don Juan,
Un jour chevauchant,
Vit sur la montagne
Grenade d'Espagne ;
Il lui dit soudain :
Cité mignonne,
Mon cœur te donne
Avec ma main.

Je t'épouserai,
Puis apporterai
En dons à ta ville,
Cordoue et Séville.
Superbes atours
Et perle fine
Je te destine
Pour nos amours.

nos amours.

Grenade répond :

Grand roi de Léon,

Au Maure liée,

Je suis mariée.

Garde tes présents :

J'ai pour parure

Riche ceinture

Et beaux enfants.

Ainsi tu disois ;

Ainsi tu mentois.

O mortelle injure !

Grenade est parjure !

Un chrétien maudit

D'Abencerage

Tient l'héritage :

C'étoit écrit !

Jamais le chameau

N'apporte au tombeau,

Près de la piscine,

L'Haggi de Médine.

Un chrétien maudit

D'Abencerage

Tient l'héritage :

C'étoit écrit !

O bel Albambra !

O palais d'Allah !

Cité des fontaines !

Fleuve aux vertes plaines,

Un chrétien maudit

D'Abencerage

Tient l'héritage :

C'étoit écrit !

La naïveté de ces plaintes avait touché jusqu'au superbe don Carlos, malgré les imprécations prononcées contre les chrétiens. Il aurait désiré qu'on le dispensât de chanter lui-même, mais par courtoisie pour Lautrec il crut devoir céder à ses prières. Aben-Hamet donna la guitare au frère de Blanca, qui célébra les exploits du Cid son illustre aïeul :

Prêt à partir pour la rive africaine [Tout le monde connaît l'air des Folies d'Espagne . Cet air était sans paroles, du moins il n'y avait point de paroles qui en rendissent le caractère grave, religieux et chevaleresque. J'ai essayé d'exprimer ce caractère dans la romance du Cid. Cette romance s'étant répandue dans le public sans mon aveu, des maîtres célèbres m'ont fait l'honneur de l'embellir de leur musique. Mais comme je l'avais expressément composée pour l'air des Folies d'Espagne , il y a un couplet qui devient un vrai galimatias, s'il ne se rapporte à mon intention primaire :

(...) Mon noble chant vainqueur,

D'Espagne un jour deviendra la folie, etc.

Enfin ces trois romances n'ont quelque mérite qu'autant qu'elles sont chantées sur trois vieux airs véritablement nationaux ; elles amènent d'ailleurs le dénouement. (N.d.A.)] ,

Le Cid armé, tout brillant de valeur,

Sur sa guitare, aux pieds de sa Chimène,

Chantoit ces vers que lui dictoit l'honneur :

Chimène a dit : Va combattre le Maure ;

De ce combat surtout reviens vainqueur.

Oui, je croirai que Rodrigue m'adore

S'il fait céder son amour à l'honneur.

Donnez, donnez et mon casque et ma lance !

Je vais montrer que Rodrigue a du cœur :

Dans les combats signalant sa vaillance,

Son cri sera pour sa dame et l'honneur.

Maure vanté pour ta galanterie,

De tes accents mon noble chant vainqueur

D'Espagne un jour deviendra la folie,

Car il peindra l'amour avec l'honneur.

Dans le vallon de notre Andalousie,

Les vieux chrétiens conteront ma valeur :

Il préféra, diront-ils, à la vie

Son Dieu, son roi, sa Chimène et l'honneur.

Don Carlos avait paru si fier en chantant ces paroles d'une voix mâle et sonore, qu'on l'aurait pris pour le Cid lui-même. Lautrec partageait l'enthousiasme guerrier de son ami ; mais l'Abencerage avait pâli au nom du Cid.

« Ce chevalier, dit-il, que les chrétiens appellent la Fleur des batailles, porte parmi nous le nom de cruel. Si sa générosité avait égalé sa valeur... »

« Sa générosité, repartit vivement don Carlos interrompant Aben-Hamet, surpassait encore son courage, et il n'y a que des Maures qui puissent calomnier le héros à qui ma famille doit le jour. »

« Que dis-tu ? s'écria Aben-Hamet s'élançant du siège où il était à demi couché tu comptes le Cid parmi tes aïeux ? »

« Son sang coule dans mes veines, répliqua don Carlos, et je me reconnais de ce noble sang à la haine qui brûle dans mon cœur contre les ennemis de mon Dieu. »

« Ainsi, dit Aben-Hamet regardant Blanca, vous êtes de la maison de ces Bivar qui, après la conquête de Grenade, envahirent les foyers des malheureux Abencerages et donnèrent la mort à un vieux chevalier de ce nom qui voulut défendre le tombeau de ses aïeux ? »

« Maure ! s'écria don Carlos enflammé de colère, sache que je ne me laisse point interroger. Si je possède aujourd'hui la dépouille des Abencerages, mes ancêtres l'ont acquise au prix de leur sang, et ils ne la doivent qu'à leur épée. »

« Encore un mot, dit Aben-Hamet toujours plus ému : nous avons ignoré dans notre exil que les Bivar eussent porté le titre de Santa-Fé, c'est ce qui a causé mon erreur. »

« Ce fut, répondit don Carlos, à ce même Bivar, vainqueur des Abencerages, que ce titre fut conféré par Ferdinand le Catholique. »

La tête d'Aben-Hamet se pencha dans son sein : il resta debout au milieu de don Carlos, de Lautrec et de Blanca étonnés. Deux torrents de larmes coulèrent de ses yeux sur le poignard attaché à sa ceinture. « Pardonnez, dit-il ; les hommes, je le sais, ne doivent pas répandre des larmes : désormais les miennes ne couleront plus au dehors, quoiqu'il me reste beaucoup à pleurer ; écoutez-moi Blanca, mon amour pour toi égale l'ardeur des vents brûlants de l'Arabie. J'étais vaincu ; je ne pouvais plus vivre sans toi. Hier, la vue de ce chevalier français en prières, tes paroles dans le cimetière du temple, m'avaient fait prendre la résolution de connaître ton Dieu et de t'offrir ma foi. »

Un mouvement de joie de Blanca et de surprise de don Carlos interrompit Aben-Hamet ; Lautrec cacha son visage dans ses deux mains. Le Maure devina sa pensée, et secouant la tête avec un sourire déchirant : « Chevalier, dit-il, ne perds pas toute espérance ; et toi, Blanca, pleure à jamais sur le dernier Abencerage. »